Kathia Krüss

TAMA

Bibliografische Information der Deutschen Nationalbibliothek:
Die Deutsche Nationalbibliothek verzeichnet diese Publikation in der Deutschen Nationalbibliografie; detaillierte bibliografische Daten sind im Internet über http://dnb.dnb.de abrufbar.

© 2017 Kathia Krüss

Coverbild: Anja Matter
Umschlaggestaltung: Kathrin Schroeder

Herstellung und Verlag: BoD –
Books on Demand, Norderstedt

ISBN: 978-3-7347-6054-9

TAMA

Es waren zwei alte Damenhände, die den Strauß sonnengelber Narzissen sanft umschlossen hielten und in die Plastikvase schoben. So wie sie es regelmäßig taten. Wenn auch nicht immer mit Narzissen. Die kleine Vase neben dem Grabstein hatte schon viele Blumen beherbergt: Tulpen, Freesien, Gerbera, Chrysanthemen und noch eine Vielzahl anderer.

Hilde Hansen stand vor dem Grab ihres Mannes Friedrich und blickte zufrieden lächelnd auf den frischen Strauß. Nun sah alles wieder ordentlich aus. Sie hatte es sich schon vor Langem zur Aufgabe gemacht, den Blumenstrauß auszuwechseln, kaum dass er zu welken begann. Somit war die Vase fast immer mit frischen Blumen gefüllt, vom Frühling bis zum Herbst.

Noch ein paar Augenblicke lang verharrte die Dame in ihrer Betrachtung, dann nickte sie kurz und wand sich vom Grab ab. Nur ein paar Schritte über den Rasen und ihre Füße befanden sich wieder auf festem Gehweg. Diesem folgte sie zunächst, wobei sie ein gemächliches Tempo beibehielt. Neben ihr waren an diesem Vormittag nur vereinzelte Leute auf dem Friedhof anzutreffen, die meisten von ihnen Senioren, wie sie selbst. Die Sonne streichelte ihr Gesicht und die milde Frühlingsluft vermittelte Geborgenheit. Es war ein freundlicher Tag Ende März. An Tagen wie diesen ließ es sich beinahe vergessen, dass man sich auf einem Friedhof befand; vielmehr machte es den Eindruck, man bewege sich durch einen hübsch angelegten Park. Die Kirschbäume, deren Blüte allmählich begann, verstärkten diesen Eindruck noch mehr.

Sie hatte etwa die Hälfte des Friedhofweges hinter sich, als Hilde eine Bank ansteuerte, um sich auf selbiger niederzulassen. Sie tat dies nicht aus Erschöpfung, denn trotz ihrer sechsundachtzig Jahre war sie noch gut zu Fuß. Aber die Aussicht von einer Parkbank aus bot manchmal ungeahnte Perspektiven. So lehnte sie sich zurück und ließ ihren Blick über die Landschaft schweifen. Das junge Gras, die ersten Frühlingsblumen, das fröhliche Zwitschern der Vögel... Bei dieser Szenerie würde man nicht als erstes an die vielen Toten denken, die nur wenige Meter unter der Erdoberfläche begraben lagen. Die Natur war gerade dabei, wieder zu erwachen, Kraft zu tanken, neues Leben zu erschaffen. Die Toten aber blieben liegen. Es war schon ein seltsamer Kontrast, wenn man es sich so vor Augen führte. Und doch war es ein Schauspiel, welches sich Jahr für Jahr ungebrochen wiederholte.

Plötzlich registrierte Hilde Hansen einen dunklen Schatten neben sich. Sie wand ihren

Kopf zur Seite und erblickte eine Katze. Diese saß mit einem halben Meter Abstand zu ihr auf der Bank und sah sie friedfertig und neugierig zugleich an. „Nanu, wer bist du denn?" Sie streckte die Hand aus um zu sehen, ob sie sich streicheln ließ.

Und sie ließ sich streicheln. Sehr wohlwollend sogar! Während Hildes Hand ihr das Köpfchen kraulte, schloss sie die Augen und machte einen äußerst zufriedenen Eindruck.

Hilde lächelte, noch mehr als sie es zuvor bei Friedrichs Grab getan hatte. „Kommst du her und besuchst die alten Friedhofswitwen?"

Die Katze schmiegte ihren Kopf nur noch wohlwollender an die reife Frauenhand. Leises Schnurren hatte eingesetzt.

Hilde genoss die Liebkosungen mit dem Tier ebenso wie das Tier es tat. Dabei fiel ihr auf, dass die braunschwarzgetigerte Katze gar kein Halsband trug. „Hast du kein Zuhause?", fragte sie und musterte ihre neue Bekanntschaft. Eine Tätowierung in den Ohren konnte sie auch nicht erkennen. Aber vielleicht trug sie einen Chip. Hilde hatte mal gehört, dass man freilaufenden Katzen einen kleinen Chip unter die Haut befördern kann, um sie im Zweifelsfall identifizieren zu können. Ob diese Katze hier nun so einen Chip besaß, konnte sie natürlich nicht erkennen. „Oder bist du ein Streuner?", sprach sie ihre Gedanken weiter aus.

Die Katze jedoch rieb ihren Kopf weiter an die Streicheleinheiten spendende Hand und machte nicht den geringsten Eindruck, als würde sie ihr darüber Auskunft geben wollen.

Hilde war geduldig und gab ihr so viele Streicheleinheiten wie sie wollte. Den Blick ließ sie irgendwann wieder über das Friedhofsgelände schweifen. „Schön hast du es hier", murmelte sie mit weicher Stimme.

Die Katze hörte nun auf sich an die Hand zu schmiegen und begann damit, sich zu putzen. Ganz so, als würde sie wie selbstverständlich antworten 'Ich weiß.' Sie wusch sich mit den Pfoten Kopf und Gesicht, ging dann über in den Rücken und schenkte auch ihrem Schwanz viel Aufmerksamkeit. Das Tier machte bei dieser Arbeit keinen eitlen Eindruck; vielmehr vermittelte es Fürsorge für sich selbst.

Hilde erfreute sich über den Anblick. Die Katze strahlte Harmonie aus. Doch plötzlich, kaum dass sie mit ihrer „Katzenwäsche" fertig war, sprang sie von der Bank runter und lief quer über ein Grabfeld. Hilde sah sie nur wenig später in einem Gebüsch verschwinden. „Ist dir eingefallen, dass du wieder nach Hause musst?", sprach sie noch leise, obwohl sie sie schon längst nicht mehr hörte. Ihr Blick blieb noch einige Momente lang auf das Gebüsch gerichtet. Dann erhob sich Hilde von der Bank und setzte, wie kurz zuvor die Katze, auch ihren Weg fort. Sie hatte noch ein zweites Grab zu besuchen.

Ein neuer Farbakzent begann Friedrichs Grab zu schmücken: fliederfarbene Kugelprimeln. Mit bedächtigen aber gekonnten Bewegungen schaufelte Hilde mit der kleinen Handschaufel eine Mulde in die Erde, um anschließend den Wurzelballen der zartfarbenen Blume hineinzusetzen. Die Narzissen waren zwar noch nicht verblüht, doch Hilde fand, dass es Zeit war, das Grab insgesamt etwas frühlingshafter zu gestalten. Ihre Finger übten sanften Druck aus, um die lockere Erde um den Wurzelballen herum leicht anzudrücken. Dann erhob sie sich aus der knienden Position, ging die wenigen Schritte bis zum Wasserbecken, nahm sich eine der bereitgestellten Gießkannen und füllte sie mit etwas Wasser, bevor sie zurück zum Grab ging und die frischgepflanzte Blume goss.

Das Wasser sickerte schnell in die aufgelockerte Erde und versorgte die Wurzeln rasch mit dem wohltuenden Nass.

Hilde war zufrieden mit ihrer Arbeit. Sie stellte die Gießkanne wieder zurück ans Becken und packte die Schaufel in einen kleinen Stoffbeutel, den sie in ihrer Handtasche verschwinden ließ. Noch ein Mal warf sie einen prüfenden Blick auf das Grab und nickte dann knapp, als würde sie sich selbst das O.K. geben. Für heute war sie hier fertig.

Sie ging wieder ihren üblichen Weg durch das Gelände, den Weg den sie immer ging, und auch diesmal machte sie auf halbem Wege an der Friedhofsbank halt. Die große Zierkirsche, die dahinter stand, hatte heute schon deutlich mehr Blüten vorzuweisen als noch vor drei Tagen. Damals war sie zuletzt hier gewesen und hatte unerwarteten Besuch einer fremden Katze erhalten. Und kaum erinnerte sie sich an das Ereignis zurück, schien es, als seien ihre Gedanken ausgesandt und von jemand ganz Speziellen empfangen worden: Denn Hilde saß noch keine zwei Minuten auf der Bank, da sprang schon wieder der pelzige Tiger auf die Sitzfläche. Lautlos, versteht sich.

Sofort malte sich ein freudiges Lächeln auf Hildes Gesicht, als sie ihre kleine Besucherin erblickte. „Na, da bist du ja wieder" sprach sie und streckte ihr zur Begrüßung die Hand entgegen.

Und wie schon bei ihrer ersten Begegnung rieb das Tier auch diesmal seinen Kopf an ihr.

„Das wird ja noch ein Stelldichein mit uns, hm?" Sie kraulte sie am Kinn und, als hätte sie damit einen Knopf gedrückt, setzte automatisch wieder das schon bekannte Schnurren ein. „Wenn wir uns so oft sehen, sollte ich dir vielleicht einen Namen geben... Was meinst du?"

Das Schnurren blieb konstant.

Hilde überlegte eine Weile. „Ich wohne ja nicht weit von hier entfernt, einen Kilometer vielleicht", begann sie zu erzählen. „Ich hab ein kleines Häuschen und vor dem Häuschen steht eine Tamariske. Lauter kleine rosa Blüten hat sie an ihren Zweigen, so dicht beieinander, dass man bei

ihrem Anblick vermutet, sie wären ganz weich."
Hilde lächelte. „So weich wie dein Fell."

Die Katze schob ihr den Kopf ein Stück weiter entgegen, um noch mehr Kraulereien unterm Kinn zu erhaschen.

„Was hältst du davon, wenn ich dich Tama nenne? Hm, gefällt dir das?" Hilde erwartete nicht ernsthaft eine Antwort ihrer neuen Gefährtin, aber sie wollte ihr auch keinen Namen auferlegen, ohne sie nicht zumindest gefragt zu haben. Und dennoch bekam sie den Eindruck, das Gesicht des Tieres sei noch ein Stück zufriedener geworden, als sie ihr den Vorschlag unterbreitete. „Friedrich hätte der Name auch gefallen. Friedrich war mein Mann, musst du wissen", begann sie dann. „Er mochte Tiere. Wir hatten auch mal einen Hund, aber das ist schon lange her." Es folgte eine kurze Pause. „Eine Katze hatten wir leider nie." Ein Schmunzeln. „Aber vielleicht bist du deswegen ja hier."

Tama veränderte ihre Postion: Während sie die ganze Zeit auf ihrem Hinterteil saß und den Kopf gereckt hielt, setzte sie sich nun auf alle Viere und nahm die Form eines Brotkastens ein. Sie schien gewillt, Hilde weiter zuzuhören.

„Oder...vielleicht hat mir Friedrich dich sogar geschickt? Hm?" Hilde hatte aufgehört Tama zu streicheln, als diese begonnen hatte sich umzupositionieren. Jetzt lagen ihre Hände wieder auf der Tasche, wie schon zu Anfang, als sie sich auf die Bank gesetzt hatte. Sie wand den Blick von Tama ab und auf eines der Grabfelder, die sich vor ihr erstreckten. „Ja, Friedrich ist schon vor langer Zeit gegangen. Er ist nicht so alt geworden... Bis zur Sechzig hat er es geschafft", begann Hilde in Erinnerungen zu schwelgen. „Ich war 21, als wir geheiratet haben." Ein kleines Lachen über sich selbst folgte. „Damals war ich noch so verrückt im Kopf und kaum zu bremsen gewesen. Friedrich war einer der wenigen, die auch noch mit mir umgehen konnten, wenn ich mir mal wieder irgendwelche Flausen in den Kopf gesetzt hatte!" Ihr Lächeln breitete sich aus. „Ja, er war ein sehr besonnener Mensch gewesen. Der Ruhepool von uns beiden."

Tama hatte derweil ihre Augen geschlossen. Es sah fast so aus, als würde sie in der Brotkastenposition meditieren.

„Das ist nun schon lange, lange her...aber ich erinnere mich noch gerne daran zurück." Ihr Kopf drehte sich wieder zum Tier. Sie betrachtete sie eine Weile. „Ob du wohl einen Partner hast?"

Eine leichte Brise strich durch die Zweige der Bäume und ein paar vereinzelte Kirschblütenblätter rieselten daraufhin auf Hildes Tasche herab. Mit fast liebevollen Bewegungen fegte sie sie herunter. Als sie sie auf den Boden fallen sah, verharrte ihr Blick einen Moment lang an ihnen. „Manche gehen früher..."

Tama hatte ihre Augen geöffnet und den Fall der Blütenblätter ebenfalls verfolgt. Nur wenige Sekunden später riss sie jedoch ihren Kopf hoch und starrte über sich, wo sich auf einem Ast eine kleine Blaumeise niedergelassen und ein Liedchen angestimmt hatte. Ihre Augen waren mit einem Mal groß und kreisrund und verfolgten jede noch so kleine Bewegung des Gefiederten. Die Meise jedoch ließ sich davon nicht beirren und trällerte unentwegt weiter.

Hilde beobachtete ihr Verhalten. So sanft und anmutig Tama auch schien, so war sie dennoch ein Raubtier. Und sollte sie auch diesen kleinen Vogel vielleicht nicht erhaschen, konnte es bei einem anderen schon wieder anders ausgehen. Das war eben die Natur.

„So, ich muss dann auch mal wieder weiter; ich habe noch ein anderes Grab zu pflegen." Sie sah Tama fragend an. „Magst du vielleicht mitkommen?"

Die Katze erwiderte den Blick, regte sich ansonsten aber nicht.

Hilde stand auf, wartete, ob die Katze es sich nicht noch anders überlegte.

Doch das schien diese nicht vorzuhaben; sie verweilte noch immer in der Brotkastenposition und fand jene augenscheinlich sehr komfortabel. Warum sie dann aufgeben?

„Na gut, meine Kleine, ich geh dann mal alleine weiter." Ein paar Mal streichelte Hilde ihr zum Abschied über den weichen Kopf. „Vielleicht sehen wir uns ja beim nächsten Mal wieder."

Zwei Tage später kniete Hilde vor dem Grab am anderen Ende des Friedhofs und zupfte Unkraut. Es war inzwischen April geworden und das Wetter war die vergangenen Tage reich an Sonne und milden Temperaturen gewesen, was nicht nur die Knospenbildung von Bäumen und Sträuchern begünstigt hatte, sondern auch das Wuchern des Unkrauts. So jätete die gutmütige Rentnerin das ein Quadratmeter große Kopfgrab und übersah kein noch so winziges Pflänzchen. Ihre Sehfähigkeit sowie ihre Aufmerksamkeit waren trotz ihres hohen Alters ungetrübt. Unter ihren Knien hatte sie einen Stoffbeutel ausgebreitet und neben dem Grab lagen eine kleine Handharke sowie eine kleine Handschaufel – und ein kleiner Haufen ausgerupften Unkrauts. Während Friedrichs Grab schon schick für den Frühling hergerichtet war, hing sie bei diesem Grab ein wenig hinterher. Doch sie ging es mit Ruhe und Bedacht an. Unruhe und Hektik brachten nichts ein, dass hatte sie in ihrem Leben schon vor langer Zeit erkannt. Seither hielt sie sich an diese Erkenntnis, die jedoch nicht mit Gleichgültigkeit zu verwechseln war.

Als sie schließlich auch das letzte Stückchen Unkraut aus der Erde gezupft hatte, harkte sie zunächst das Erdreich locker, bevor sie zwei Mulden grub. Die beiden mitgebrachten Pflanzen befreite sie aus ihren Plastiktöpfen und setzte sie in die frisch aufbereitete Erde. Es waren zwei Schachbrettblumen: eine rote und eine weiße. Die

Gießkanne hatte sie diesmal schon mit Wasser gefüllt mit zum Grab genommen, denn von diesem Grab war das nächste Wasserbecken ein wenig weiter entfernt als von Friedrichs Grab aus. Nachdem Hilde die Pflanzen gegossen hatte stand sie auf, klopfte sich den nicht vorhandenen Dreck von den Knien und räumte Harke, Schaufel und die leeren Plastikbecher in den Beutel, der bis eben noch ihren Knien gedient hatte. Alles wurde wieder in ihrer Handtasche, ohne die sie selten anzutreffen war, verstaut, dann nahm sie das Häufchen Unkraut auf und entsorgte es in der Bio-Tonne, die nicht weit entfernt stand. Sie kam noch einmal zum Grab zurück, besah sich wieder zufrieden ihr Arbeitsergebnis, nahm die Gießkanne und ging gemächlichen Schrittes den Weg zurück bis zum nächsten Becken, wo sie die Kanne abstellte.

Dann zögerte sie kurz. Als sie vorhin an der Bank unter dem Kirschbaum vorbeigekommen und ihre übliche Pause gemacht hatte, war Tama nicht erschienen. Allerdings war sie heute auch etwas früher zum Friedhof gegangen als die vergangenen Tage. Ob sie ihre kleine Freundin jetzt vielleicht bei der Bank antreffen würde...? Hilde überlegte nicht lange und machte sich auf den Weg zu ihrem Treffpunkt. Es dauerte nur ein paar Minuten, bis sie Diesen erreicht hatte, und als hätte sie es geahnt, saß dort tatsächlich Tama, mitten auf der Sitzfläche, und wartete wieder in

Brotkastenposition. Ihr Blick schien zu sagen 'Da bist du ja endlich'.

„Hallo Tama!", begrüßte Hilde sie mit deutlich hörbarer Freude in der Stimme und ließ sich, wie jedes Mal, auf der rechten Seite der Bank nieder. „Da hätten wir uns ja heute beinahe verpasst." Sie streichelte ihr das Köpfchen.

Tama schloss dabei die Augen und ließ ein leises, konstantes Schnurren verlauten.

„Ich war heute etwas früher losgegangen, weil ich noch bei Willys Grab klar Schiff machen wollte", erklärte sie. Dann ein Schmunzeln. „Von Willy hab ich dir noch gar nichts erzählt, was?" Eine kleine Pause setzte ein. „Ja, ich hatte nach Friedrichs Tod noch einen anderen Freund. Das war der Willy." Hildes Blick driftete unwillkürlich von der Katze auf die sich vor ihr erstreckende Wiese mit dem Grabfeld. „Aber es war eine lange Zeit, bis ich nach Friedrichs Tod den Willy getroffen habe. Über zwanzig Jahre lagen dazwischen." Ihre Finger kraulten inzwischen Tamas Nacken. „Viele Leute in meinem Alter halten es für ausgeschlossen, sich nach dem Tod des Partners nochmal auf einen neuen Menschen einzulassen. Und ich muss gestehen, zu Anfang dachte ich auch so." Ein wissendes Lächeln legte sich auf ihre Lippen. „Aber irgendwann lernte ich, dass es auch anders geht...wenn man es nur zulässt."

In Tamas ruhigen Körper kam auf einmal Bewegung: Sie setzte sich auf ihr Hinterteil, legte den Kopf schief und kratzte sich mit der Hinterpfote am Ohr.

„Wir haben uns auf dem Blumenmarkt kennengelernt. Zunächst haben wir uns, scheinbar zufällig, öfter dort getroffen. Er hat mir ein paar Tipps zum pflanzen gegeben. Irgendwann lud er mich dann ganz spontan auf ein Eis ein." Sie musste schmunzeln bei dieser Erinnerung. „Wie zwei Jugendliche, die ihre erste Verabredung haben, saßen wir da im Eiscafé. Aber irgendwie war das auch typisch für Willy gewesen: Er hat sich nie etwas aus Etikette oder dergleichen gemacht. Er hat es geschafft, sich seinen jugendlichen Geist ein Leben lang zu bewahren."

Die Pfote, mit der Tama sich eben noch das vermeintlich juckende Ohr gekratzt hatte, wurde nun einer Pediküre unterzogen. So ein Katzenkörper will ja auch gepflegt sein!

„Wir waren beide schon in unseren Achtzigern. So alt ist mein Mann Friedrich nie geworden." Hilde sah Tama bei ihrer Fußpflege zu. „Kannst du dir das vorstellen? Zwei Menschen in dem Alter, die zueinander finden?" Ein beseeltes Lächeln legte sich auf ihr Gesicht, als sie diese Worte sprach. „So manche meiner Bekannten konnten das kaum glauben und haben mich für verrückt erklärt. Eine alte Frau, die nochmal die große Liebe findet! Aber ich bin ihnen nicht böse. Es ist in unserer Gesellschaft nun einmal nicht Gang und Gebe, dass so etwas passiert...oder dass so etwas zugelassen wird. Viele Menschen haben damit ein Problem, sobald etwas aus dem Rahmen fällt. Selbst wenn es gar nichts Schlimmes ist."

Am vorderen Fuße der Bank, nebst Hildes Schuhen, wuchs ein lila Krokus. Während die meisten seiner Blütenblätter einen zarten Farbton aufwiesen, stellten sich eineinhalb Blütenblätter dieser Einheit mit einer tiefen Färbung entgegen.

„Willy und mich hat das nie gestört. Wir haben unsere gemeinsame Zeit genossen, wenn sie auch nicht lang war. Was soll schon daran verkehrt sein, glücklich zu sein? Wir haben ja niemandem einen Schaden dadurch zugefügt."

Tama war indes mit ihrer Fußpflege fertig und hatte sich in ihre Ausgangsposition begeben. Mit geschlossenen Augen saß sie nun wieder da und schien den Vögeln zu lauschen, deren Distanz zu ihr meist zu groß war, um sie zu erhaschen. Vielleicht genoss sie aber auch die milde Frühlingsluft, die ihr um die Nase tänzelte.

„Er hat mir viel im Garten geholfen, obwohl er selbst ein Grundstück besaß mit einem noch größeren Garten. Was bei ihm alles wuchs, das kannst du dir kaum vorstellen!" Hilde verfiel unweigerlich ins Schwärmen. „Beete mit Gemüse schlossen sich an Beete mit den schönsten Staudenblumen an. Und Obstbäume hatten dort auch noch Platz!" Ihr Blick war abwesend; vor ihren Augen war nun nicht der Friedhof sondern die Vergangenheit. „Und dabei bewohnte er nur ein kleines Häuschen. Das war ursprünglich mal ein

Schuppen gewesen, der zu einem Wohnhaus umgebaut wurde. Willy genügte dieses kleine Häuschen; er wohnte ja allein. Das ursprüngliche Wohnhaus wurde schon vor langer Zeit abgerissen; daher konnte ein so großer Garten auf dem Grundstück entstehen." Sie nickte knapp. „Ja, Willy war ein richtiger Gartenmensch. So wie ich."

Hilde ging alle zwei bis drei Tage auf den Friedhof und ausnahmslos jedes Mal begegnete ihr Tama. Selbst an einem Regentag, der für Hilde kein Grund war nicht zu kommen, fand sie ihre pelzige Freundin an ihrem Treffpunkt vor. Als Hilde mit ihrem großen Regenschirm, unter den locker zwei Personen gepasst hätten, die Bank erreichte, erblickte sie die Katze wie sie, noch zusammengekauerter als sonst, unter der öffentlichen Sitzgelegenheit verweilte. Sie kniete sich hin – ihre Gelenke waren wirklich noch gut in Schuss – und streckte ihr, wie jedes Mal, zur Begrüßung die Hand entgegen.

Tama beschnupperte das vertraute Körperteil kurz, bevor sie mit ihrem Kopf dagegen stieß, um sie zum streicheln aufzufordern.

Hilde konnte sich dieser Aufforderung natürlich nicht entziehen. Dabei registrierte sie, dass das Fell relativ nass war. Nicht triefend, aber Tama musste sich schon eine Weile lang im Regen aufgehalten haben. Wieder kam in ihr der Verdacht auf, ob sie eine Streunerin war. Dagegen sprach jedoch ihr gut genährter Zustand und auch sonst sah sie aus wie ein Vorzeigestubentiger: sauberes, glänzendes Fell, keine sichtbaren Narben, kein Humpeln. Entweder gab es hier draußen einen guten Engel, der sich um sie kümmerte, oder sie war einfach Freigänger durch und durch.

An einem anderen Tag brachte Hilde Leckerlis für Tama mit. Sie hatte sie am Vormittag extra gekauft, ohne zu wissen, ob Tama sie annehmen würde. Sie hatte nicht viel Erfahrung mit der Fütterung von Katzen – höchstens mal zugeschaut, wenn Freunde ihre Katzen fütterten – aber sie wollte Tama gerne etwas zurückgeben dafür, dass sie sich jedes Mal so geduldig ihre Erzählungen anhörte.

Als sie nun wieder die Bank erreichte, saß Tama auf der Sitzfläche, als würde sie nie etwas anderes tun. „Hallo, meine Liebe", begrüßte Hilde sie, setzte sich hin und gab ihr ein paar Begrüßungsstreichler, bevor sie anfing, in ihrer Tasche den kleinen Plastikbeutel mit den Leckerlis zu suchen.

Tama schien dieses ungewohnte Vorgehen äußerst spannend zu finden, denn sie reckte ihren Kopf, soweit dies ging ohne sich aus der sitzenden Position zu lösen, in Richtung Tasche und schnupperte.

„Naa, bist neugierig, was ich hier wohl haben könnte, was?", schmunzelte Hilde. Endlich hatte sie den kleinen Beutel gefunden, öffnete ihn und nahm ein paar Stücke heraus. Auf der flachen Hand hielt sie sie Tama hin.

Die Katze zögerte nicht lange und fraß ihr buchstäblich aus der Hand. Sie vertraute der alten Frau; warum sollte diese ihr auch etwas geben, was nicht gut für sie war? In Windeseile hatte sie die Stückchen hinuntergeschlungen. Ihre Augen sahen Hilde an. Ob es wohl noch Nachschlag gab?

Hilde erging es bei diesem Blick wie vielen Menschen: Erwartungsvollen Katzenaugen konnte sie nicht widerstehen. Und so holte sie noch ein paar weitere Leckerlis aus dem Beutel und hielt sie ihr hin. Und auch dieses Mal brauchte es nicht lange, bis ihre Hand leer war. Sie spürte die Schnurrhaare und den Flaum der Katzenschnute und manchmal auch die feuchte Zunge in ihrer Handfläche. Als Tama aufgefressen hatte, verschloss Hilde den Beutel wieder und verstaute ihn zurück in ihre Tasche.

Tama hatte sich inzwischen aufgerichtet und saß auf ihrem Hinterteil, den erwartungsvollen Blick auf ihre Freundin gerichtet. War das Mahl etwa schon vorbei?

Hilde musste lachen, als sie die großen, runden Kulleraugen Tamas sah. „Nein, meine Süße, das ist erst mal genug", und sie streichelte ihr den Kopf und Nacken.

Tama schien zwar eigentlich anderer Meinung zu sein, doch nach kurzer Zeit löste sie sich von ihrem Bettelblick und machte wieder einen höchst zufriedenen Eindruck, gestreichelt und gekrault zu werden. Das Schnurren hatte eingesetzt.

„Manchmal wünschte ich mir, Willy könnte dabei sein und auch auf dieser Bank sitzen. Er würde dich nicht minder streicheln als ich." Sie nickte ihr zu. „Oh, aber nicht dass du denkst, Friedrich wäre mir egal, nur weil ich mir den Willy herbeisehne. Die Sache mit Friedrich ist nur schon so lange her und Willy war mein letzter Gefährte." Hilde blickte wieder auf die Wiese vor sich. „Der Letzte hat immer eine andere Stellung als die Vorherigen. Die Zeit mit ihm liegt ja am kürzesten zurück." Dann schwieg sie für ein paar Gedankenzüge. „Ich glaube, Friedrich und Willy hätten sich gut miteinander verstanden. Sie waren zwar beide sehr verschieden, trugen aber beide eine große Harmonie in ihrem Herzen. Vielleicht sitzen sie jetzt sogar zusammen im Himmel und spielen gemeinsam Karten." Bei dieser Vorstellung musste sie grinsen.

Tama hatte indes wieder ihre Beine zusammengefaltet und ruhte dicht an Hildes Oberschenkel geschmiegt. Das Gesicht mit den geschlossenen Augen strahlte dabei völlige Gelassenheit und Vertrauen aus. Für einen Außenstehenden mochte dieses Bild den Eindruck vermitteln, Tama gehöre Hilde und die alte Dame würde mit ihr Spaziergänge auf dem Friedhof unternehmen.

Auch Hilde schloss nun die Augen und sog ganz bewusst die frische Luft ein, die nach Positivem und Neubeginn roch. „Bei solchem Wetter haben Willy und ich oft im Garten gearbeitet. Mal in seinem, mal in meinem. Wobei es in seinem Garten mehr zu tun gab. Meiner ist ja nicht so groß. Wir haben geschnitten und gejätet und umgegraben... Manchmal kam Willy mit neuer Blumensaat an, die er erstanden hatte, und die haben wir dann ausgesät. Die verrücktesten Blumen kamen da zum Teil bei heraus, in allen nur erdenklichen Formen und Farben. Ich habe nie herausgefunden, wo Willy diese Samen herhatte." Vor ihrem inneren Auge erstrahlten die Erinnerungen zu neuem Leben und sie war überwältigt von der Farbenvielfalt, die sich ihr darbot. Fast meinte sie, die Tulpen riechen und die Himbeeren schmecken zu können. Rückblickend kam ihr Willys Garten vor wie das Paradies.

„Manchmal hat er mich 'seine kleine Gärtnerin' genannt und mir seinen Strohhut aufgesetzt." Sie kicherte. „Dabei konnte ich das alte Zauselding nicht leiden. Aber er hat es geschafft, mich jedes Mal damit aufzuziehen." Szenen vergangener Tage spielten sich in ihrer Erinnerung ab. Die Jahreszeiten wechselten von Frühling zu Sommer und Herbst. Selbst im Winter, mit seinem Raureif, Frost und Schnee, bot das Grundstück einen schönen Anblick dar. Und auf einmal begann Hilde leise eine Melodie zu summen. Es war ein Lied ohne Text, welches sie oft gesungen hatte, wenn sie mit Willy gemeinsame Gartenarbeit verrichtet hatte. Manchmal sang sie es auch heute noch, in ihrem eigenen Garten, aber nicht mehr so laut und hingebungsvoll wie früher.

Tama störte die einsetzende Melodie nicht; sie zuckte nur zwei Mal kurz mit dem Ohr, was jedoch ebenso gut einer kleinen Mücke gälten konnte.

Einmal bot Hilde der Katze an, mit zu ihr nach Hause zu kommen. Auch wenn sie nicht verwahrlost erschien, tat sie ihr an Regentagen immer Leid. Auch den einen oder anderen stürmischen Tag hatte dieser Frühling bereits erlebt und Hilde stellte es sich nicht angenehm für ein Tier vor, bei solchen Verhältnissen draußen leben zu müssen. Sie versuchte also, Tama zu überreden, mit ihr zu kommen. Versicherte ihr, dass sie sich um sie kümmern würde und sie jederzeit das Haus verlassen könne, wenn sie es wollte.

Doch Tama hatte ganz andere Pläne: sie zeigte keinerlei Interesse. Blieb auf der Bank sitzen, als sei diese bereits ihr Zuhause. Sogar die Leckerlis konnten sie nicht überzeugen, die sie sonst sehr wohlwollend verschlang. Tama und die Bank schien ein unsichtbares Band zu verbinden, welches für Menschen vielleicht nicht nachvollziehbar, jedoch auch nicht auf Teufel komm raus zu lösen war.

Hilde musste dies schließlich auch einsehen.

Sie war fast schon ein wenig zu spät dran, die Saison für Hyazinthen war von Gärtnereien und

Blumenläden längst eingeläutet worden. Aber irgendwie hatte Hilde erst jetzt das Gefühl bekommen, Friedrichs Grab bräuchte Hyazinthen. Und so entnahm sie zwei blaue Exemplare, die sich bereits in schönster Blüte befanden, aus dem kleinen Gefäß, in welchem sie die Zwiebelpflanzen gekauft hatte, und setzte sie in die Erde. Schön und stolz sahen sie aus, aber nicht überheblich. Als seien sie sich ihrer Wirkung auf ihr Umfeld bewusst, ohne der Einbildung zu verfallen. Sie passten zu Friedrich.

Hilde genoss den vollen Duft, den ihr eine Brise zutrug.

Als sie später bei Tama auf der Bank saß, erzählte sie ihr davon. „Jedes Frühjahr hat er mir einen Topf mit Hyazinthen geschenkt. Manchmal waren sie blau, manchmal rosa. Weiße hingegen waren selten dabei. Er wusste, wie sehr ich den Duft der Blumen liebte, ohne dass ich es ihm sagen musste. Aber ich glaube, es waren auch seine Lieblingsblumen."

Tama leckte sich ausgiebig ein ausgestrecktes Hinterbein.

„Wir hatten auch welche im Garten, unter dem Küchenfenster. Dort tauchten auch mal ein paar weiße Exemplare auf. Aber die Blauen haben irgendwie immer überwogen." Ihr Blick ging wieder in die Ferne zu einem imaginären Punkt. „Ich sehe Friedrich manchmal heute noch vor dem Beet unter dem Küchenfenster knien und die Erde harken. An Tagen, wo der Frühling noch dabei ist, sich richtig zu entfalten...so wie jetzt... Er hat das immer vormittags getan und wenn ich gerade in der Küche zugange war, haben wir uns gegenseitig durch die Fensterscheibe zugewunken."

Das Bein war fertig geputzt, nun kam der Schwanz dran.

„Nach dem Mittagessen haben wir uns manchmal in das Auto gesetzt und sind in den Wald gefahren, zum Spazierengehen. Oder raus auf die Felder. Ich mochte beides gerne, Friedrich jedoch fühlte sich im Wald wohler. Das passte auch zu ihm: Die vielen, großen Bäume, die scheinbar schon immer dastanden und jedem stummen Schutz boten, der ihn suchte...das war Friedrich..."

Es kam leichter Wind auf. Noch vor wenigen Tagen hätte jener dazu geführt, dass wieder Kirschblütenblätter vom Baum auf Hilde herabgerieselt wären. Doch Diese gehörten inzwischen der Vergangenheit an. Derweil hatten sich schon die jungen, zart-grünen Blätter aus ihren Knospen entpuppt und steckten viel Fleiß in ihr Wachstum.

Tama hielt plötzlich inmitten ihres Putzens inne und starrte in die Ferne. Ihre aufmerksamen, fast kreisrunden Augen beobachteten etwas, was nur sie sah. So verweilte sie fast bewegungslos für einige Momente, bevor sich ihr Blick wieder entspannte, ihr Kopf sich senkte und sie die Fellpflege an ihrem Schwanz beendete.

„Weißt du, woran ich gerade denken muss?" Hilde schenkte ihr einen liebevollen Blick. „An den Grießbrei, den Friedrich manchmal gekocht hat." Wieder einmal musste sie bei ihren Erinnerungen leise lachen. „Er hat nie viel gekocht, für unsere Verpflegung war immer ich zuständig gewesen. Aber an manchen Tagen hat er uns Grießbrei gekocht. Und es war der beste Grießbrei, den ich in meinem Leben gegessen habe. Ich weiß nicht, was sein Geheimnis war. Selbst wenn ich ihn gekocht habe, schmeckte er nie so gut wie seiner!" Gedankenverloren strich sie mit einer Hand über ihre Tasche, die auf den Knien lag. „Ja, es sind die kleinen Dinge im Leben, an denen man sich am meisten erfreut..." Sie hob wieder den Kopf und sah in den Himmel gen Horizont. Die klaren Konturen der Friedhofskapelle zeichneten sich vor dem hellblauen Firmament ab. Ein paar Vögel flogen vorbei.

„Weißt du, wobei ich Friedrich einmal erwischt habe?" Hilde hielt der Katze ein paar Leckerlis auf der flachen Hand hin, an denen sich das Tier freudig bediente. „Er hat immer behauptet, kein großer Romantiker zu sein. Aber als wir einmal gemeinsam im Urlaub waren, hab ich ihn früh morgens auf der Dachterrasse unserer Pension stehen sehen, wie er sich den Sonnenaufgang ansah." Hildes Stimme klang vergnügt bei dieser Erzählung. „Er stand ganz still und stumm am Geländer und sah sich die rote Sonnenscheibe an, wie sie ganz langsam emporstieg. Er trug sogar noch seinen Schlafanzug!" Sie musste lachen.

Tama hatte soeben das letzte Leckerli verschlungen und leckte sich die Schnute.

„Ich bin dann zu ihm aufs Dach gekommen, obwohl ich selbst nur mein Nachthemd trug. Es war noch frisch zu so früher Stunde, daran erinnere ich mich noch gut; Friedrich hat dann seinen Arm um mich gelegt, als ich neben ihm stand, und mich etwas gewärmt. Wir haben uns den Sonnenaufgang gemeinsam angeschaut und er hat die ganze Zeit über kein einziges Wort gesagt. Seine Augen schienen an der Sonne festgewachsen zu sein." Gedanklich durchlebte Hilde diese Szene aus der Vergangenheit noch einmal. „Unsere Pension lag in einem kleinen Ort. So früh morgens waren daher fast keine Menschen unterwegs – aber Vögel! So viele Vögel waren schon munter! Amseln und Drosseln und Spatzen und Meisen... Auch an ein paar Tauben meine ich mich zu erinnern... Das war ein schönes Bild, wenn die Vögel entlang des rot und golden eingefärbten Himmels vorbeiflogen...wie kleine schwarze Flecken. Und wie die Sonne ihr frühes Licht auf das Nadelgeäst der Tannen warf... Ich konnte mich an all dem gar nicht satt sehen und Friedrich wohl auch nicht. Wir standen eine gefühlte Ewigkeit auf dem Dach und haben uns einfach an der Schönheit der Natur erfreut." Ein liebevoller Blick galt Tama. „Sowas machen die Menschen viel zu selten."

Tamas gelassener Blick schien ihr beizupflichten.

Hilde kraulte ihr den Kopf. „Ob du dir wohl auch den einen oder anderen Sonnenaufgang anschaust? Lassen dich die Menschen, bei denen du wohnst, früh genug dafür raus?" Sie hatte immer noch die Hoffnung, dass Tama ein fürsorgliches Zuhause besaß. Auch wenn es, bis auf den guten körperlichen Eindruck, nach wie vor keine Hinweise dafür gab.

Tama schloss die Augen und schnurrte leise. Ob das die Antwort auf Hildes Frage oder auf ihr Kraulen war, blieb ungewiss.

Obwohl man sich noch mitten im April befand, herrschten an einem Tag ungewöhnlich milde Temperaturen. Es war regelrecht warm. Hilde, natürlich auch heute wieder unterwegs, hatte ihre Jacke sogar gegen eine etwas dünnere Strickjacke eintauschen können. Als sie nun den breiten Friedhofsweg entlangging, kam ihr ein Elternpaar mit zwei kleinen Kindern entgegen. Während das Mädchen, welches sich dicht bei den Eltern aufhielt, sicherlich nicht älter als drei Jahre war, hatte der lebhafte Junge schon ein paar Jahre mehr vorzuweisen: Hilde schätze ihn auf Acht. Er schien ein waschechter Wirbelwind zu sein, denn er lief immer ein Stück vor seinen Eltern und seiner Schwester her und spielte mit einem knallroten Ball. Einmal verschätzte er sich, kickte das runde Gefährt zu übermütig und beförderte es somit direkt gegen Hildes Beine.

Diese erschrak zunächst etwas, doch hatte der Ball keine große Wucht gehabt, weshalb der Schreck genauso schnell wieder verflog wie er gekommen war.

Dem Jungen jedoch stand der Schreck noch mehrere Momente lang ins Gesicht geschrieben: Er war stehen geblieben als er sah, wie der Ball die alte Dame traf. Sekundenlang rührte er sich nicht – dieser Treffer war von ihm eindeutig ungewollt gewesen.

Die Eltern hatten ihn inzwischen, ohne ihren Schritt beschleunigt zu haben, eingeholt, tadelten ihn, entschuldigten sich bei Hilde und forderten ihn auf, sich auch zu entschuldigen.

Der Aufforderung kam er auch sogleich nach, wobei ihm die Worte nur sehr holperig aus dem Mund wollten. Er sammelte seinen roten Ball ein und hielt ihn fortan fest an sich gepresst.

Hilde jedoch lächelte nur freundlich. „Ist ja nichts weiter passiert."

Als sie kurze Zeit später bei der Bank angelangt war, erzählte sie Tama von dem kleinen Zwischenfall. „Friedrich und ich hatten keine Kinder. Nicht, dass wir Kinder nicht mochten; es gab einen Nachbarsjungen, mit dem hat Friedrich eine Weile lang regelmäßig Ball gespielt. Ich glaube, der hatte sogar auch so einen roten Ball gehabt wie der Junge vorhin", meinte sie sich zu erinnern. „Aber eigene Kinder...die waren irgendwie nie geplant gewesen und es hat sich auch nie ergeben. Das hat damals zu manch Unverständnis geführt, dass wir keine Kinder hatten. Als wir noch jung waren, war es nämlich Gang und Gebe, dass man Kinder bekam, wenn man verheiratet war, musst du wissen. Heute ist das ja alles anders; an die heutigen Generationen junger Leute werden nicht mehr die Erwartungen gestellt, wie zu unserer Zeit." Sie machte eine kleine Pause. „Aber weißt du, wir waren eigentlich auch nie traurig darüber, kinderlos zu sein. Wir waren glücklich und zufrieden mit uns und dem was wir hatten." Dann musterte sie Tama. „Ob du wohl schon mal kleine Katzenkinder bekommen hast...?" Sie versuchte sich vorzustellen, wie diese wohl aussehen würden: Lauter kleine, pelzige, schwarzbraun-getigerte Winzkätzchen, wie die Mutter selbst? Und wenn der Vater nun ganz andere Gene gehabt hätte? Hilde hatte einmal von einer Freundin erfahren, dass Katzen von mehreren Katern gleichzeitig schwanger werden und der Wurf entsprechend bunt gemischt sein konnte.

Tama saß in Brotkastenposition und leckte sich entspannt eine Vorderpfote. Als sie merkte, dass Hilde sie so eingängig beobachtete, hielt sie inne und sah mit einem Blick zu ihr hoch, der zu fragen schien, ob etwas nicht stimmte. Da sie aber auch nach mehreren Momenten keine Antwort erhielt, entschied sie sich, ihre Pfote in Ruhe weiter zu putzen. Der Mensch würde sich schon bemerkbar machen, wenn irgendetwas nicht in Ordnung war.

Dichte Nebelschwaden hingen in der Luft, als Hilde das nächste Mal den Friedhof aufsuchte. Es war ein sehr grauer, aber auch sehr ruhiger Tag. Kaum ein Mensch war unterwegs und selbst die Natur schien vom Dunst betäubt zu sein. Zeitweise vernahm Hilde keinen einzigen Vogelgesang, während sie durch die Grünanlagen schritt, nur das sich wiederholende Rufen einer Krähe, der in weiter Ferne eine andere Krähe antwortete. Als hätte die Welt bis eben noch geschlafen und würde jetzt ganz langsam aufwachen.

Beinahe bekam Hilde das Gefühl, den Friedhof heute für sich alleine zu haben, so wenig Menschen wie ihr bisher begegnet waren. Gleichzeitig fragte sie sich aber, ob das wohl auch auf ihre vierbeinige Freundin zutraf. Sie bewunderte die konstante Treue dieser Katze, dass sie sich seit Wochen ausnahmslos jedes Mal am selben Ort trafen. Dabei wäre Hilde ihr keinesfalls böse, würde sie sich mal nicht blicken lassen wollen. Sie wunderte sich, ob dieser Tag wohl mal kommen würde...ob sie irgendwann einmal die Bank aufsuchen und vergebens auf Tama warten würde. Vielleicht hätte die Katze nach einer Weile keine Lust mehr auf sie als menschliche Bekanntschaft. Vielleicht war ihr gegenwärtiges Stelldichein nur eine Phase, die genauso plötzlich vorübergehen würde wie sie gekommen war. Ob sie Tama dann vermissen würde? Vermutlich. Denn sie war ihr inzwischen schon fast so sehr ans Herz gewachsen wie ein eigenes Haustier.

Umso mehr freute sie sich daher, als sie sie nun doch auf der Bank sitzen sah, in ihrer typischen zusammengefalteten Position, scheinbar auf nichts anderes als auf Hilde wartend.

„Du scheust ja tatsächlich keinem Wetter!", freute Hilde sich und gab ihr, noch bevor sie sich niederließ, die ersten Begrüßungsstreichler.

Tama nahm Diese genießerisch in Empfang.

Wenig später saßen sie wie eh und je wieder einträchtig nebeneinander. Hilde blickte durch den Nebel, zumindest soweit, wie selbiger es zuließ. Sie erkannte noch die Wiese auf der gegenüberliegenden Seite des Gehwegs, aber die Kapelle gen Horizont war bereits verschluckt worden. Dort war nur noch eine Wand aus Milliarden und Abermilliarden winziger Wassertröpfchen.

„Wie du es heute wohl hierher geschafft hast", überlegte Hilde laut. „Ob du wohl gut im Nebel sehen kannst? Vielleicht macht er dir sogar gar nichts aus..."

Tama saß noch immer in ihrer Ausgangsposition und hielt den Kopf leicht nach unten geneigt. Ihre Augen waren entspannt geschlossen und es machte den Eindruck, als würde sie mal wieder meditieren.

„Manchmal befindet man sich mitten im Leben und sieht sich doch von Nebel umgeben", sprach Hilde plötzlich nach einigen Minuten des Schweigens. „Ein paar Jahre nach Friedrichs Tod befand ich mich in so einem Nebel... Ich habe damals noch gearbeitet, aber eines Tages fragte ich mich, wofür ich das eigentlich mache. Wofür ich mehrmals die Woche das Haus verließ und zur Arbeit ging. Ich fragte mich, was eigentlich mein Ziel war, wo ich eigentlich hin wollte. Und ich wusste es mit einem Mal nicht mehr." Ihr Blick blieb an den Nebelschwaden haften. „Es war nicht nur die Trauer um Friedrich; es war gewissermaßen auch die Trauer um mich selbst. Ich hatte das Gefühl, mich selbst verloren zu haben, nicht nur meinen Mann. Damit meine ich nicht, dass ich mich von Friedrich abhängig gemacht habe. Ich konnte für mich selbst sorgen und mein Leben ohne ihn bestreiten. Aber als Friedrich noch lebte, gingen wir einen gemeinsamen Weg. Und der Weg war nun nicht mehr vorhanden. Ich konnte nicht mehr den selben Weg weitergehen. Ich musste mich erst neu sammeln und einen anderen Weg finden, für mich."

Eine Meise flog in den Kirschbaum hinter der Bank und begann sofort laut zu singen. An einem sonnigen, milden Frühlingstag wäre dies ein völlig normales Element gewesen, dem man vielleicht nicht einmal mehr besondere Aufmerksamkeit geschenkt hätte. Doch an diesem grauen Nebeltag hatte der lebenslustige Klang der Meise regelrecht etwas Abstraktes.

„Ich stand mehrere Jahre in meinem Nebel und wusste manchmal weder vor noch zurück. Wenn dann auch noch niemand um dich herum Verständnis dafür aufbringen kann, ist es umso schwerer." Hilde hielt in ihrer Erzählung kurz inne, bevor sie fortfuhr. „Obwohl...ich hatte eine Freundin, die war sehr lieb und hat sich rührend um mich gekümmert. Sie hat auch gemerkt, dass mit mir was nicht in Ordnung war. Aber ich spürte, dass sie diese Erfahrungen, die ich damals durchmachte, noch nicht erlebt hat. Daher konnte sie meinen Schmerz nicht verstehen. Aber sie hat sich die größte Mühe mit mir gegeben." Sie schmunzelte. „An manchen Tagen hat sie für mich eingekauft, ohne dass ich sie darum gebeten habe. Und sie hat mit mir viele Spaziergänge und Ausflüge unternommen. Sogar in den Tierpark ist sie mit mir gegangen." Hilde sah Tama an. „Dort gab's aber nicht so hübsche Katzen wie dich."

Tamas Ohr zuckte.

Hilde wand ihren Blick wieder in den Nebel. „Leider ist sie später bei einem Verkehrsunfall gestorben. Aber...das mag vielleicht seltsam klingen, doch durch ihren Tod bin ich wieder zu mir gekommen. Sie hat sich all die Jahre so liebevoll um mich gekümmert und sich bemüht, mir die schönen Seiten des Lebens zu zeigen. Als sie dann gestorben ist, kam in mir der Gedanke auf, dass ihre Mühe nicht umsonst gewesen sein soll. Es ist schwer zu erklären, aber ihr Tod hat mich gewissermaßen wieder ans Leben erinnert."

Das Ohr zuckte nochmal. Und nochmal. Irgendetwas schien Tama zu stören.

Hilde warf wieder einen Blick auf das Katzentier und begann, ihr den Nacken zu kraulen.

Das Zucken hörte auf.

Die folgenden Tage boten ein Wetter, als sei der Herbst zurückgekehrt. Die Temperaturen, die bereits schon eine angenehme Milde erreicht hatten, purzelten wieder abwärts und es wollte nicht aufhören zu regnen. Auch als Hilde das nächste Mal zum Friedhof ging, regnete es Bindfäden. Glücklicherweise wehte jedoch kein Wind, wodurch der Regen senkrecht fiel und nicht unangenehm ins Gesicht peitschte. Bei solch einem Wetter gärtnerte Hilde nicht bei den Gräbern; die Vasen mit frischen Blumen zu bestücken, davon konnte sie aber selbst der Regen nicht abhalten. Friedrichs Grab erhielt weiße Tulpen, Willys standen lilane bevor. Doch nicht, bevor sie eine Pause bei der Bank einlegte.

Hilde trug einen langen Regenmantel, weshalb sie sich unbedacht auf die nasse Sitzfläche niederlassen konnte. Tama hatte sie auch schon erspäht: Sie saß wieder zusammengekauert unter der Bank. Hilde holte ihren zusammengefalteten Regenschirm aus der Handtasche, öffnete ihn und stellte ihn so auf die Bank, dass er Tama nun Schutz vor dem Regen bieten konnte, wenn diese Lust hätte, unter der Bank hervorzukommen.

Und tatsächlich: Tama nahm das Angebot an, sprang auf die Sitzfläche und nahm ihren Stammplatz wieder ein. Aber auch hier konnte sie nicht von ihrer eingekauerten Pose lassen. Das Wetter eignete sich wohl nicht so gut für Meditationen unter freiem Himmel.

„Ich bewundere ja, dass du tatsächlich auch bei so einem Schietwetter kommst", gestand Hilde ihrer Freundin. „Das lässt mich wieder glauben, du hast gar keinen anderen Ort, an den du dich zurückziehen kannst."

Tama wand ihr den Kopf zu und sah sie mit einem undefinierbaren Blick an. Als läge in ihren klaren aber ruhigen Augen die Antwort verborgen.

Hilde war von diesem Blick wie gefangen und sah sekundenlang nur stumm in die Augen des Tieres. „...oder ist dir unser Stelldichein tatsächlich doch so wichtig?", fragte sie mit gedämpfter Stimme, als hielte sie diese Option kaum für möglich.

Tama hielt dem Blick stand. Sie starrte nicht, aber sie schien auch nicht im Entferntesten daran zu denken, den Blickkontakt einfach abzubrechen.

Darüber musste Hilde lächeln und sie kraulte ihr den Kopf. Kurz darauf öffnete sie die Handtasche erneut und holte wieder ein paar Leckerlis hervor, die sie ihr gab.

Tama fraß fleißig drauf los.

Hilde sah ihr dabei zu und als sie aufgefressen hatte, streichelte sie ihr über den feuchten Körper. „Ich habe Friedrich heute weiße Tulpen gebracht. Wenn wir uns gestritten hatten, kam er oft kurz darauf mit einem Strauß weißer Blumen, um sich wieder mit mir zu versöhnen." Sie kraulte Tama hinter dem Ohr, was diese wohl ganz außerordentlich zu genießen schien. „Wir haben uns nie lange gestritten und zum Glück auch nie wirklich dolle. Friedrich war ein ruhiger aber auch ein sehr friedfertiger Mensch." Plötzlich lachte sie leise auf. „Mit Willy hingegen...oh ja, zwischen uns hat es so einige Male laut gekracht. Dabei waren wir ja nicht einmal streitsüchtig – aber wir konnten beide sehr stur sein, wenn wir wollten, und das kam doch das ein oder andere Mal vor. Einmal hab ich im Streit sogar eine Kaffeetasse auf den Boden geworfen." Hilde kicherte. „Das muss schrecklich überdramatisch ausgesehen haben...wie im Fernsehen."

Tama begann, sich die nassen Pfoten zu putzen.

„Aber auch mit Willy hab ich immer schnell wieder Frieden geschlossen." Hilde schwieg für ein paar Momente. „Nur ein Mal...ein Mal hatten wir einen größeren Streit..." Ihr Blick driftete in den Regen und auch ihrer Stimme war anzuhören, dass sie gedanklich wieder einen Abstecher in die Vergangenheit machte. „Das war eine große Ausnahme gewesen. Damals haben wir uns tagelang nicht gesehen. Wir waren beide so beleidigt und keiner war bereit, von seinem Stolz herunter und dem anderen entgegen zu kommen. Und schlussendlich haben wir uns mit diesem Verhalten nur selbst weh getan." Sie sah wieder Tama an. „Aber weißt du, manchmal brauchen die Dinge auch einfach Zeit... Gerade wenn man sich verletzt fühlt, ist es manchmal notwendig, die Dinge erst einmal eine Weile ruhen zu lassen. Wenn man immer wieder in der Wunde herumbohrt, kann sie nicht heilen. Und wenn das geschehen ist, wenn man wieder zueinander gefunden und Frieden geschlossen hat, fragt man sich manchmal, warum man diesen blöden Streit überhaupt begonnen hat!" Wieder lachte Hilde leise auf. „Diese Erfahrungen braucht der Mensch wohl um zu erkennen, wie wenig Sinn es macht, an alten Dingen festzuhalten."

Hilde und Tama saßen an diesem Tag noch lange auf der Bank und lauschten dem Regen, wie er kontinuierlich auf den Boden niederging, die Blätter und den Rasen benässte. Das leise, gleichmäßige Prasseln auf dem Regenschirm über Tama und das dumpfe Prasseln, wenn er Hildes Regenmantel traf.

Zwei Tage später herrschte bereits schon wieder schönster Sonnenschein und die Vögel sangen aus vollster Kehle, als gälte es, einen Wettbewerb zu gewinnen. Viel gab es an Friedrichs Grab diesmal nicht zu machen; die Tulpen standen noch in voller Blüte. Aber hier und da konnte Hilde vereinzeltes Unkraut erspähen, weshalb sie sich die Zeit nahm und jene Pflänzchen aus der Erde zog. Als sie damit fertig war, stand sie wieder auf und besah sich das Grab. Gegossen werden musste heute nicht; der letzte Regen hatte die Erde gut durchtränkt. Aber die weißen Tulpen...sie schienen heute ganz besonders schön zu blühen. Als bekämen sie ihre Blütenblätter gar nicht weit genug geöffnet; als wollten sie ihre Betrachterin zum besonders langem Verweilen und Bestaunen einladen. Hilde lächelte. Es war, als spräche ihr Friedrich durch die Blüten entgegen.

Als Hilde heute die Bank ansteuerte, merkte sie sofort, dass etwas nicht stimmte. Tama war zwar – wie so oft – schon vor ihr eingetroffen und wartete auf der Sitzfläche. Doch etwas an ihr war anders: Sie hielt ihr linkes Vorderbein konstant leicht angehoben.

„Hallo, meine Gute." Hilde setzte sich neben sie und sah sie aufmerksam an. „Ist etwas nicht in Ordnung? Mit deinem Bein vielleicht?" Ihr Blick musterte das in der Luft hängende Bein, jedoch konnte sie von außen nichts erkennen. Sie zögerte erst, doch dann streckte sie behutsam ihre Hand danach aus.

Tama zuckte instinktiv, als die Finger des Menschen ihr Bein berührten. Doch als Hilde es erneut versuchte, ließ das Tier es zu.

Hilde tastete vorsichtig das Katzenbein ab, konnte jedoch nichts ungewöhnliches spüren. Dann kam ihr ein Gedanke und ihre Fingerspitzen bewegten sich zum Pfotenballen.

Wieder zuckte Tama, blieb aber ansonsten ruhig und duldete die Untersuchung.

Hilde ertastete nun tatsächlich was: Etwas kleines, hartes steckte im Ballen fest. Mit äußerster Vorsicht drehte Hilde die Pfote ein wenig und bückte sich zu ihr hinab, um die Chance zu erhalten, den vermeintlichen Übeltäter zu erspähen. Aber ihre Augen konnten nichts erkennen: Der Ballen hatte dunkle Haut und auch das Fell, welches zwischen den Zehen hervorlugte, war dunkel. Dennoch: Da steckte etwas fest, was da nicht hingehörte, das spürte sie deutlich. „Okay, meine Liebe, ich hoffe, du vertraust mir", murmelte Hilde mehr zu sich selbst.

Tama schien dies zu tun, denn noch immer saß sie still da und überließ dem Menschen ihr Bein mit der offenbar schmerzenden Pfote.

Hilde nahm nun beide Hände zu Hilfe, hielt das Katzenbein mit der einen Hand fest und versuchte mit den Fingerspitzen der anderen Hand blind, den Fremdkörper aus dem Ballen zu ziehen. Sie brauchte mehrere Anläufe, da Tama das Bein jedes Mal aus ihrer Hand ziehen wollte, wenn Hilde den Fremdkörper zu fassen hatte und leicht an ihm zog. Doch schließlich gelang es ihr und sie zog den Unhold heraus. Sogleich ließ sie vom Katzenbein ab und Tama begann umgehend, sich die betroffene Pfote ausgiebig zu lecken. Hilde legte das kleine Ding, von welchem sie ihre Freundin erfolgreich befreit hatte, auf die Handfläche und betrachtete es nun zum ersten Mal: es war ein kleiner Dorn. „Sieh mal einer an...", murmelte Hilde leise und wandte ihren Blick vom

Fundstück zu Tama. „Da bist du wohl unglücklich in etwas hineingetreten, was?"

Die Katze war zu beschäftigt um zu antworten; sie musste ihre verwundete Pfote putzen.

Hilde stand auf, ging die wenigen Schritte bis zum nächsten Mülleimer und entsorgte den Dorn in eben jenen. Dann kam sie zurück und setzte sich lächelnd wieder neben ihre Freundin. „Weißt du, woran ich gerade denken muss?", fragte sie. „Als ich einmal mit Willy in seinem Garten gearbeitet habe, haben wir eine kleine, verwilderte Ecke aufgeräumt. Dort wuchsen schon Brombeerranken und an so einer Ranke habe ich mir einen Dorn in den Finger gehauen. Willy hat ihn mir sogleich ganz vorsichtig wieder rausgezogen." Hilde schmunzelte. „Da war ich auch kurz nicht aufmerksam gewesen." Und sie streichelte Tama über den Kopf. „Die wüste Ecke grenzte an das verlassene Nachbargrundstück an und lag halb hinter einem kleinen Schuppen. Wir haben dort mächtig aufgeräumt und das kleine Stück völlig umgegraben. Das muss ein lustiges Bild abgegeben haben, wie zwei rüstige Rentner mit Schaufel und Spaten die Erde umgraben!" Hilde lachte herzlich, als sie sich diese Szene aus der Zuschauerperspektive vorstellte. „Als wir alles umgegraben und alle Brombeerranken entfernt hatten, haben wir rot- und orangefarbene Dahlien gepflanzt. Das war ein schöner Anblick; wenn man zum kleinen Schuppen ging, leuchteten einem die ersten Blüten von der Seite schon entgegen. Und wenn man dann am Schuppen vorbei einen Blick in die Ecke hineinwarf, strahlten sie einen an. Eine Ecke, die zuvor so unscheinbar war und in der man nicht mit solch einer Farbenpracht rechnete." Der Blick der alten Dame wanderte wieder in Abwesenheit. „Manchmal vermisse ich Willys Garten...", gestand sie nach einer kleinen Pause. „Natürlich könnte ich immer noch dorthin gehen und ihn mir angucken; soweit ich weiß gibt es das Grundstück noch. Aber...es wäre einfach nicht mehr das Gleiche." Fast klang es wie ein leises Seufzen, womit Hilde den Satz beendete. „Es war schon etwas ganz Besonderes, dort mit ihm zu sein. Die Sommer, die ich dort erlebt habe, gehören mit zu den schönsten in meiner Erinnerung. Den Spaß, den wir beim gemeinsamen gärtnern hatten, der Frieden, wenn wir uns mit Liegestühlen in die Sonne gesetzt haben, die Kuchen, die wir dort gegessen haben...und natürlich diese unfassbare Vielfalt an Blumen und Farben..."

Tama hatte sich zu Ende geputzt und nahm nun wieder eine entspannte Sitzposition ein, bei der sie ihre Vorderbeine unter der Brust einknickte. Sie fühlte sich sicher und wohl.

„Was mich an Willys Garten auch so fasziniert hat war, dass er zu wirklich jeder Jahreszeit einladend aussah. Im Frühling und Sommer ja sowieso, wie viele Gärten. Aber auch im Herbst gab es dort noch viel zu sehen: Nicht nur das bunte Laub der Bäume, auch die noch leuchtenden Blüten von Spätblühern und die farbenfrohen Halme mancher Gräser. Und selbst im Winter bot der Garten einen traumhaften Anblick. Natürlich konnte man dann nicht gärtnern, aber wenn man durch ihn hindurchschritt oder aus der warmen Stube hinausschaute, konnte man den Zauber sehen, den Raureif auf immergrünen Blättern und abgestorbenen langen Halmen hinterließ. Es war wie eine niemals enden wollende Oase für den Geist."

In der Ferne hatte eine Amsel ihr Lied angestimmt, in welches kurz darauf eine Meise einfiel. Von irgendwoher antwortete eine zweite Meise.

„Willy wurde einmal gefragt, was er am meisten liebe. Er hat geantwortet 'Hilde und meinen Garten.'" Hilde schloss die Augen. Bei dieser süßen Erinnerung flatterten ihr wieder ein paar Schmetterlinge durch den Bauch, ganz so, als seien sie von irgendetwas aufgescheucht worden. Es tat gut, diese alten Erinnerungen zu kosten, ohne sich an ihnen festzuhalten. Wie ein Schmetterling, der sich auf einer Blüte niederließ und ihren Nektar kostete, bevor er sich wieder in die Lüfte erhob und die nächste Blüte ansteuerte.

„Wie ich dich wohl genannt hätte, wenn wir damals keine Tamariske in unseren Vorgarten gepflanzt hätten?" Hilde schaute der Katze amüsiert bei ihrer Pediküre zu, wie sie sich mit den Zähnen ganz gezielt die alten Hornschichten ihrer Krallen abzupfte. „Wir waren nämlich am überlegen, ob wir statt dessen eine Magnolie pflanzen. Ich liebe

Magnolien und es gibt ja so viele verschiedene. Einmal war ich mit Friedrich in einem Magnoliengarten – ach, war das ein Traum! Blüten in weiß, hell- und dunkelrosa und sogar gelb! Kleine und große Bäume...und so wunderbar arrangiert. Man kann unglaubliche Landschaftsbilder hervorbringen, wenn man beim pflanzen mit Bedacht vorgeht." Sie machte eine kleine Pause und verblieb wieder einmal für ein paar Momente in den Erinnerungen. „Ich liebe Magnolien wirklich sehr, während Friedrich heimlich die Tamariske bevorzugte." Hilde grinste. „Er hat es nie gesagt, aber ich habe es ihm angesehen. Wenn du für einen Baum oder eine Pflanze besondere Gefühle hegst, guckst du diese eine Pflanze anders an. Und so war es auch bei Friedrich: Ich habe ihm seine Liebe für diesen Baum einfach angesehen. Darum habe ich mich gegen eine Magnolie entschieden."

Tama war mit der Pediküre fertig und schien eine kleine Pause in Sachen Körperpflege zu machen, als sie vor sich auf die Rasenfläche blickte.

„Friedrich hätte das Gleiche auch für mich getan. Hätte ich meinen Wunsch nach einer Magnolie geäußert, hätte er seinen Wunsch nach einem anderen Baum zurückgestellt. Wir waren uns da sehr ähnlich, auch wenn wir sonst so verschieden waren. Aber wenn es darum ging, dem Anderen eine Freude zu machen, waren wir beide zu Verzicht bereit."

Ein kleiner Vogel war es, der Tamas Aufmerksamkeit auf den Rasen gelenkt hatte. Er hüpfte durch das relativ hohe Gras, welches die Tage sicherlich wieder gemäht werden würde, und suchte nach Nahrung. Irgendwann erhob er sich jedoch wieder in die Lüfte und steuerte den nächsten Baum an. Tamas aufmerksamer Blick verfolgte das kleine Federtier und ihre klaren Augen bewegten sich entsprechend schnell, als der Vogel nun im Geäst schräg über ihr herumhüpfte.

Hilde schwieg wieder. Sie genoss die Frühlingsluft, den Vogelgesang und die Wärme der Sonne, die im April schon gut zugange war. Während sie ihren Blick schweifen ließ, fiel dieser irgendwann auf eine andere alte Dame, die in einiger Entfernung zu ihnen über einem Grab gebeugt stand und Stiefmütterchen in die Erde pflanzte. „Ich habe mir nie viel aus Stiefmütterchen gemacht", sagte Hilde mit gedämpfter Stimme und leicht zu Tama geneigt. Trotz der Distanz zu der anderen Friedhofsbesucherin wollte sie verhindern, dass diese ihren Monolog vernahm, um nicht zu riskieren, sie mit ihren Worten womöglich zu verletzen. „Nicht nur als Grabbepflanzung, sondern allgemein. Viele Menschen mögen ja Stiefmütterchen und gerade uns Alten wird es ja gerne nachgesagt. Und obwohl es sie inzwischen in so vielen bunten Farben gibt, konnte ich mich bis zum heutigen Tage nie richtig für sie begeistern." Sie beobachtete, wie die Dame die frisch gepflanzten Blumen mit einer kleinen

Gießkanne bewässerte. „Aber weißt du, das ist in Ordnung so. Es gibt so viele Blumen, die mir große Freude bereiten...da darf es auch mal welche geben, mit denen ich nichts anfangen kann."

Der Vogel im Geäst war nicht mehr ausfindig zu machen und so wand Tama ihren Blick von selbigem ab. Ein herzhaftes Gähnen folgte und dann musste noch einmal kurz ihre Vorderpfote geputzt werden.

Hilde beobachtete die Dame noch eine Weile. Sie fragte sich, wessen Grab sie hier wohl besuchen kam.

Auf dem selben Feld auf dem auch Friedrich lag, nur zwei Reihen weiter hinten, war Hilde schon vor Jahren ein Grab aufgefallen, welches besonders ungepflegt erschien. Der Grabstein war stark von Moos und Grünspan befallen, sodass man die Innenschrift nur noch mit Mühe entziffern konnte. Eine Grabbepflanzung gab es praktisch nicht, denn dort wo diese hingehört hätte, wuchs nur Gras. Die langen, bereits toten Halme befanden sich strohig und wirr inmitten der jüngeren, grünen Halme, die auch schon über die Grabbegrenzung hinüberwuchsen. Alles in allem machte dieses Grab den Eindruck, als wäre schon lange niemand mehr hier gewesen. Als sei es vergessen worden.

„Ich habe noch nie jemanden an diesem Grab stehen gesehen", erzählte Hilde, während sie sich eine Apfelspalte nahm und aß. Sie hatte einen Apfel in mehrere Spalten aufgeschnitten und diese auf einer Papierserviette auf die Bank zwischen sich und Tama gelegt. Tama bekam natürlich auch einen kleinen Imbiss: Ihr hatte Hilde heute eine Extra-Portion Leckerlis hingelegt.

Tama tat sich an Dieser gütig.

„Nicht einmal eine Vase steht da, um mal ein paar Blumen hineinzustellen. Und im Winter hab ich dort noch nie ein Grablicht leuchten sehen." Ihrer Stimme war anzuhören, dass sie es innerlich bedauerte, dass dieses Grab bei niemandem auf Interesse stieß. „Aber naja...vielleicht gibt es ja auch gar niemanden mehr, der nach dem Grab sehen kann. Vielleicht wohnen die Verwandten weiter weg oder sie sind inzwischen schon selbst verstorben. Es muss ja nicht immer böser Wille sein, wenn sich um etwas nicht gekümmert wird." Hilde hatte eine Apfelspalte gerade aufgegessen und griff sogleich zur nächsten. „Irgendwann ist alles mal zu Ende und es gibt nicht immer jemanden, der etwas Angefangenes weiterführen kann."

Tama, die schon fast alle Leckerlis aufgefressen hatte, hielt plötzlich inne. Ein paar Vereinzelte präsentierten sich noch willig vor ihrer Schnauze, doch das Tier erschien plötzlich geistig abwesend. Die großen, ausdrucksstarken Augen sahen durch alles hindurch und schienen sich kurzweilig auf eine andere Welt zu konzentrieren. Für einige Momente lang hielt dieses Bild an. Dann zwinkerte Tama, senkte den Kopf ein kleines Stück und vernaschte auch die letzten Reste ihrer Mahlzeit – ganz so, als hätte es den kurzen Moment der Stille gar nicht gegeben.

Rot, Rosa und Weiß schmiegten sich sanft aneinander. Hilde stellte das kleine, längliche Holzkörbchen schräg mittig auf dem Grab ab. Es war innen mit Plastikfolie ausgekleidet und mit Bellis bepflanzt worden. Eine schöne Idee, hatte Hilde gemeint, als sie dieses Arrangement im Blumenladen entdeckt und sogleich zwei Exemplare gekauft hatte. Wie ein fröhlicher Blumengruß, den man jemandem mitbrachte.

Die farbenfrohen, bauschigen Köpfe der Bellis wippten sanft im Frühlingswind, als führten sie einen Tanz der Lebensfreude auf. Ein Marienkäfer ließ sich auf einer der Blüten nieder und schaute, ob es hier etwas Interessantes für ihn gab.

Hilde lächelte stumm. Blumen, gleich welcher Art und Farbe, lösten immer Glücksgefühle in ihr aus. Sie waren die Quelle guter Laune und Hilde war dankbar dafür, dass die Natur so etwas Schönes erschaffen hatte.

Langsamen Schrittes verließ sie schließlich Friedrichs Grab wieder und schlenderte mit dem zweiten Blumenkörbchen Richtung Bank. Bevor Willy seine Blumen erhielt, war erst noch der Plausch mit Tama an der Reihe.

Und wie so oft saß die Katze schon auf ihrer Seite der Bank, als Hilde dazustieß. Ein erwartungsvoller Blick hinauf zur alten Dame: Ob sie heute wieder Leckerlis dabei hatte?

Hilde begrüßte Tama mit ein paar Streichlern über den weichen Kopf, bevor sie sich auf der Bank niederließ und auch das Körbchen abstellte. „Ich weiß schon, was du willst", murmelte Hilde schmunzelnd und öffnete sogleich ihre Handtasche, um den Beutel mit den Leckerlis herauszuholen.

Tama, bis eben auf ihrem Po gesessen, hob selbigen nun an, machte einen Katzenbuckel, – offensichtlich hatte sie schon eine ganze Weile so dagesessen und die Glieder wollten gestreckt werden – kringelte den Schwanz und gähnte ausgiebig. Dann aber ging ihre Nase sofort auf die Suche nach der wohlverdienten Mahlzeit.

Hilde hielt ihr ein paar der Katzenkekse auf der flachen Hand hin. Sie mochte das Gefühl der weichen Schnute auf ihrer Haut und genoss es jedes Mal. Nachdem Tama alles aufgegessen hatte, verstaute sie die Tüte wieder.

Als Tama begriff, dass es wohl so schnell keinen Nachschlag geben würde, begann sie sich die Vorderpfote zu putzen – bis ihr Blick plötzlich auf das mit Blumen gefüllte Körbchen fiel, welches Hilde vor der Bank auf den Boden gestellt hatte. Sofort war das Putzen nicht mehr so wichtig und sie machte einen Hopser von der Bank nach unten, um das ungewohnte Mitbringsel zu beschnuppern.

„Na, gefällt der dir?" Sie beobachtete Tama mit gütiger Miene. „Friedrich hat sein Körbchen schon bekommen und der da ist natürlich für Willy."

Tama steckte vorsichtig aber neugierig zugleich ihre Nase in den Bund aus Blumen und schnupperte. Allzu spannend schien das neue Fundstück für sie jedoch nicht zu riechen denn sie zog den Kopf kurz darauf schon wieder zurück. Etwas unentschlossen, als wüsste sie nicht, was sie davon halten soll, tigerte sie langsam ein Mal um das Körbchen herum, bevor sie sich wieder auf ihren alten Platz auf der Bank begab.

„Ich fand die Idee mit den Körben so herzlich. Weißt du, früher hatten wir solche Körbe in groß und haben darin Beeren und Kirschen transportiert. Freunde von Friedrich und mir hatten einen großen Obstgarten, wo sie auch viele verschiedene Beeren angepflanzt hatten. Wenn Saison war, haben wir uns alle unsere Körbe geschnappt und sind ans Pflücken gegangen. Johannisbeeren, Stachelbeeren, Heidelbeeren und natürlich die Kirschen... Das war immer ein großer Spaß, unsere Beeren-Treffen..." Hilde schloss bedächtig lächelnd die Augen. „Es gab Leute, die haben uns damals als arm bezeichnet. Einfach nur, weil wir mit Körben voll Obst unterwegs waren, wie Marktfrauen. Und wahrlich, Friedrich und ich waren tatsächlich nicht reich. Nicht reich an Geld. Wir lebten gut bürgerlich, wir hatten alles was wir brauchten und manchmal sogar ein bisschen mehr. Das hat uns auch genügt. Wir brauchten keinen Luxus." Sie öffnete die Augen wieder und lächelte Tama an. „Reich waren wir an Liebe. Und die kann man mit keinem Geld der Welt kaufen."

Tama saß derweil wieder völlig entspannt da und hatte die Augen nur einen schmalen Spalt weit geöffnet. Ihr Gesicht schien zu sagen, dass sie ganz genau wüsste, was Hilde meinte.

„Arm sind jene Leute, die nicht wissen, wie man liebt. Die keine Liebe zulassen und auch keine Liebe geben können." Sie kraulte mit den Fingerspitzen Tamas Kopf. „Gefühle sind unbezahlbar."

Ihre Hände schienen unermüdlich zu sein, wenn es darum ging, das Grab mit neuen Pflanzen zu gestalten. Die Hyazinthen, die sie eins gepflanzt hatte, waren bereits ausgeblüht. Sie schnitt die Blütenstängel ab, ließ die Blätter aber noch stehen, damit diese noch so viel Kraft wie Möglich aus der Sonne tanken konnten, um die Zwiebel zu versorgen und sie im darauffolgenden Jahr wieder schön zum blühen zu bringen. Das Körbchen mit den Bellis machte sich nach wie vor sehr dekorativ. Und um noch mehr frische Farbe in das Grabbild zu bringen, setzte Hilde in den vorderen Bereich Vergissmeinnicht in die Erde. Zwei Stück, eine links, eine rechts. Als sie damit fertig war und einen Schritt zurück ging, um das Gesamtbild zu überprüfen, strahlte ihr das

Himmelblau der vielen kleinen Blüten so kräftig entgegen, als wetteiferten sie mit allen anderen Blumen der umliegenden Gräber.

Hilde packte ihre Gärtnersachen zusammen, wässerte die Pflanzen ein wenig und begab sich wieder auf den Weg zur Bank. Während sie eben Diesen entlangschritt und nach oben sah, zeigte sich ihr der wolkenlose Himmel in einer nicht minder strahlenden Farbe wie die Vergissmeinnicht. Als seien die Blumen geradewegs aus dem Firmament gepflückt worden um etwas von diesem lebendigen Blau auf die Erde zu bringen.

Tama saß in aufrechter Position auf ihrem Stammplatz, als Hilde eintraf. Aufmerksam wie immer beobachtete sie die alte Dame, die sich ihr gemächlichen Schrittes näherte und schließlich neben ihr Platz nahm.

„Na, meine Kleine?", sprach Hilde leise und strich ihr ein paar Mal liebevoll über den Kopf.

Tama jedoch reckte die Nase in den Wind und schnupperte. Ein ungewohnter Geruch hatte ihre Aufmerksamkeit auf sich gezogen und nun galt es zunächst, jenen zu identifizieren.

„Du riechst was, hm?" Hilde fiel es leicht, das Verhalten des Tieres zu deuten und sie konnte sich auch schon denken, warum Tama so angestrengt schnupperte. „Du riechst bestimmt das hier..." Hilde griff in ihre Handtasche und holte ein eingewickeltes Stück Etwas hervor. Sie entfaltete das Papier und zum Vorschein kam ein Käsebrot.

Tamas Nase bewegte sich wie ein Magnet zum entpackten Brot und schnupperte nun noch aufmerksamer und intensiver. Ihre Augen, die auf das Objekt der Begierde gerichtet waren, fingen an ein wenig zu schielen.

Hilde ließ sie eine Weile schnuppern, doch als Tama Anstalten machte, an den zusammengeklappten Brotscheiben knabbern zu wollen, nahm sie es aus ihrer Reichweite. „Nein, meine Liebe, das ist nicht für dich." Sie wickelte das Brot lose wieder ein und legte es sich auf den Schoß, dann griff sie erneut in ihre Handtasche. „Aber ich habe dich natürlich nicht vergessen." Und mit diesen Worten holte sie die kleine Tüte mit Leckerlis hervor. Sie schüttete ein paar davon auf die Bank, bevor sie die Tüte wieder verschwinden ließ und sich ihr Brot erneut entpackte. So saßen beide nun ihre Mahlzeit verzehrend da und gaben ein harmonisches, wenn sicher auch kein alltägliches Bild ab.

„Ich hab schon lange kein Käsebrot mehr gegessen", gab Hilde zu. „Obwohl es so etwas Einfaches ist. Und es schmeckt mir ja auch. Aber irgendwie bin ich in letzter Zeit nie auf die Idee gekommen, mir Eines zu machen." Sie sah einer Amsel zu, wie diese auf der Wiese vor ihr immer wieder ihren Schnabel ins Gras pickte. Offenbar suchte auch dieser Geselle nach einer Mahlzeit.

Es waren, wie meistens um diese Zeit, nicht viele Menschen auf dem Friedhof unterwegs: Vereinzelt sah man überwiegend ältere Leute, eine junge Mutter mit Kind ging an der Bank vorbei und auf einem der hinteren Grabfelder konnte man einen Friedhofsgärtner ausmachen. Dafür – oder vielleicht gerade deswegen – war die Natur umso lebhafter: überall konnte man Vögel zwitschern und Bienen und Hummeln summen hören. Manchmal flog ein Schmetterling vorbei. Und für ein paar Momente lang machte ein Marienkäfer auf Hildes Knie Rast.

Tama hatte ihre Portion schon verdrückt und leckte sich abschließend das Maul. Doch der Käsegeruch ließ sie nicht los. Wieder fing sie an zu schnuppern und wieder reckte sie ihren Kopf mehr und mehr der Duftquelle entgegen.

Als Hilde das sah, musste sie grinsen, brach ein kleines zwischen den Brotscheiben herausschauendes Stück Käse ab und hielt es Tama hin.

Diese schnupperte zuerst noch, nahm den Leckerbissen dann aber rasch an und verschlang ihn. Kurz darauf folgte ein Blick an Hilde gerichtet, als wollte sie fragen 'Gibt's noch mehr?'

Hilde lachte leise. „Nein nein, meine Liebe. Mehr gibt's nicht. Sonst wirst du noch ganz verwöhnt." Und sie strich ihr liebevoll über Kopf und Nacken.

Tama quittierte diese Geste mit leisem Schnurren.

Als Hilde ihr Brot aufgegessen hatte, fuhr sie mit den Händen die Krümel von ihrem Schoß. Daran konnten sich später noch die Spatzen laben. Auch wenn Jene lieber warten sollten, bis

Tama weg war. Zufrieden sah Hilde zur Sonne, die an diesem Maitag schon kräftig Wärme spendete. Keine Wolke weit und breit. Der Himmel strahlte in einem unendlichen Blau. „Weißt du, wofür ich dankbar bin?", sprach sie plötzlich. „Für die einfachen Dinge im Leben. Ich hatte immer ein Zuhause, ich hatte immer liebenswerte Menschen um mich herum, ich hatte zwei fantastische Männer an meiner Seite... Dinge, von denen man oft denkt, sie seien selbstverständlich. Aber wenn man sie sich einmal so richtig bewusst macht, erkennt man erst die Wunder in ihnen."

Tama hatte sich derweil dicht an Hildes Schenkel geschmiegt und machte den Eindruck, als sei ihr diese Erkenntnis schon lange bekannt.

Die darauffolgenden Tage präsentierten ein nicht minder schönes Wetter: Der Sonnenschein hielt an und die milden Temperaturen ließen Blumen und Bäume sprießen.

Die Bank unter dem Kirschbaum jedoch blieb leer. Hilde wurde fortan nicht mehr auf ihr gesehen und vom selben Tag an blieb auch Tama spurlos verschwunden.